英国医学会组织编写

家 庭 医 生 丛 书

哮 喘

U0132673

英国医学会组织编写

家 庭 医 生 丛 书

哮 喘

（英）Prof. Jon Ayres 著

王承党　江红玲 译　林肖瑜 校

福建科学技术出版社

(闽)新登字03号

著作权合同登记号：图字 13-2000-09

A Dorling Kindersley Book

www.dk.com

Original title:ASTHMA

Copyright © 1999 Dorling Kindersley Limited,London

Text Copyright © 1999 Family Doctor Publications

图书在版编目(CIP)数据

哮喘 /（英）Jon Ayres 著；王承党，江红玲译. —福州：福建科学技术出版社，2000.10

（家庭医生丛书）

ISBN 7-5335-1686-9

Ⅰ.哮… Ⅱ.① 艾…②王… Ⅲ.哮喘-诊疗 Ⅳ.R562.2

中国版本图书馆CIP数据核字(2000) 第26379号

家庭医生丛书

哮 喘

（英）Jon Ayres 著

王承党 江红玲 译 林肖瑜 校

福建科学技术出版社出版、发行

（福州市东水路76号）

各地新华书店经销

福建省地质印刷厂排版

东莞新扬印刷有限公司印刷

32开 3印张 56千字

2000年10月第1版

2000年10月第1次印刷

印数：1-10000

ISBN 7-5335-1686-9/R · 327

定价：18.00 元

书中如有印装质量问题，可直接向承接厂调换

目 录

什么是哮喘？

哮喘表现为儿童或成人喘息性呼吸困难，可在劳累时或休息时发作，程度时轻时重；一些患者有特定的诱发因素，如动物、烟尘、花粉。

哮喘症状
哮喘常见症状是喘息，常伴有胸闷和呼吸困难

有些人认为哮喘是一种儿童疾病，另一些人则认为任何年龄都会患哮喘；有些人认为哮喘只是偶尔发作的麻烦事，只需要间断性治疗，另一些人则认为哮喘是一个持续而严重的疾病，需要持续治疗。这些看法都对吗？

在某种程度上，这些看法都对，但是，哮喘发作涉及到很多因素，因此难以下一个简单的定义。

"哮喘"是一种总称，其特征是肺内气管(或称气道)的间歇性狭窄导致阵发性呼吸困难的发作。许多因素可导致发展为哮喘，许多因素可诱发哮喘发作。而且，这些因素往往也因人而异。

7

呼吸系统

　　气道(气管、主支气管、细支气管)和肺内的肺泡为机体运输氧气，并从体内排出二氧化碳。气道内壁上的纤毛，可清除肺内的粘液。

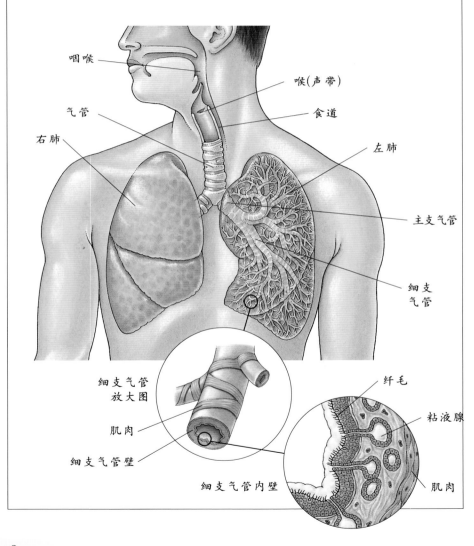

咽喉

喉(声带)

气管

食道

右肺

左肺

主支气管

细支气管

细支气管放大图

纤毛

粘液腺

肌肉

细支气管壁

肌肉

细支气管内壁

恰当的定义是：哮喘是一种肺内气道因发炎而对特殊因素(诱发因素)特别敏感，造成气道狭窄，气流减少，使病人呼吸困难或喘息的病况。

这种气道的敏感性在医学上称为"支气道高反应性"，临床医生称之为"气道痉挛"。

所以哮喘不是一种单一的疾病，它有多种不同的类型，就像"癌"这个词一样，它仅粗略地告诉我们所处的境况。在这一总称之下，你会发现不同病人的严重程度不同、诱发因素不同、结果也不同。从逻辑上推断，对一个哮喘病人有益的治疗对另一病人可能并不适合。

所以哮喘是一种非常个体化的病况，对哮喘的处理也需要个体化，因为每个哮喘病人所涉及的因素各不相同。

要 点

- 由于造成哮喘的因素很多，每个人的气道对它们的反应也千差万别，因此，难以对哮喘下一个简单的定义。
- 哮喘不是一种单一的疾病，像"癌"这个词一样，它有许多不同的类型。

哮喘患者知多少?

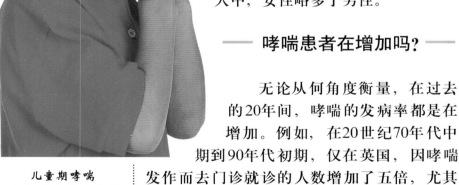

简短的回答是——很多!最新估计表明:在英国,小学年龄儿童的20%、整个人群的6%~7%患有哮喘。

哮喘是西方国家最常见的疾病,仅在英格兰和威尔士就有300多万人患这种病。在儿童中,男孩发病率是女孩的2倍,而在成年人中,女性略多于男性。

哮喘患者在增加吗?

无论从何角度衡量,在过去的20年间,哮喘的发病率都是在增加。例如,在20世纪70年代中期到90年代初期,仅在英国,因哮喘发作而去门诊就诊的人数增加了五倍,尤其是儿童。到90年代初期,哮喘住院病人也在增多,仍然是儿童患者数增加明显。这可能反映了这样一个事实,即父母更愿意为其孩子(而不是他们自己)寻求医疗咨询,不过其

儿童期哮喘
儿童哮喘似乎在增多,高达20%的学龄儿童有哮喘症状。

他因素也起了一定的作用。可喜的是，哮喘发病率的这种增长势头在20世纪90年代初期得到了遏制，并且发病率有所下降。

哮喘患者为什么会增加？

现在医生使用"哮喘"一词代替过去常用的"喘息性支气管炎"，可能这也是哮喘增加的部分原因。但这不能解释哮喘增加的大部分原因。接触过敏原(变应原)、病毒感染、室内环境欠佳(如中央供热系统)、空气污染、紧张的现代化生活，甚至对哮喘本身的治疗都与哮喘的增加有关。然而，上述因素中的任一单一因素造成哮喘增多的证据都不足。尽管过敏(变态反应)似乎是比较重要的原因，但事实上哮喘增多更可能是由于上述因素综合作用造成的。

哮喘造成的死亡

幸运的是，哮喘造成的死亡并不常见。在20世纪60年代中期，曾经发生过短时期的哮喘死亡增多，有些人认为这是由当时市场上销售的某种哮喘吸入剂的毒性作用所致。数年后这个观点受到质疑，认为其他因素可能是更重要的。

事实上，大部分哮喘死亡者是因为病人未进行治疗造成的，已经证明2／3因哮喘而死亡的病人通过适当治疗是可以避免死亡的。最近，50岁以上患者的哮喘死亡率有少量升高，但这种趋势在20世纪90年代有所缓解，原因尚不清楚。老年病人的哮喘与慢性支气管炎的鉴别诊断往往比较困难，这可能已经导致了诊断方式的改变。

地区性差异

不患哮喘的人群

尽管许多国家哮喘患者似乎在增加，但在世界上的一些地方，哮喘则较罕见，比如北美的爱斯基摩人几乎不患哮喘，这可能是由于严酷的气候环境不利于尘螨的生存。

在英国一些地方，患哮喘的住院病人和门诊病人较多，而另一些地方则较少，然而，这种差异不太大，没有形成显著的地域性差异，不像急性支气管炎发作那样，北方较多，往南就逐渐变少。尽管在英国这种差异微小，但在世界的不同地区，哮喘的分布有相当大的差异，居住在乡村地区的爱斯基摩人和非洲黑人几乎没听说过患哮喘的，而在西加罗林群岛，近50%的居民患有哮喘，3/4的儿童患此病。

在这两个极端之间，西方人群如英国和其他欧洲国家、澳大利亚、新西兰的哮喘患者人数大体相近。值得注意的是，世界上那些哮喘患者少的地区正是那些不利于尘螨生存的地区。

要 点

● 仅仅在英格兰和威尔士，超过300万人患有哮喘。

● 男孩比女孩易患哮喘，但在成人中，女性哮喘病人略多于男性。

哮喘的病因和诱因

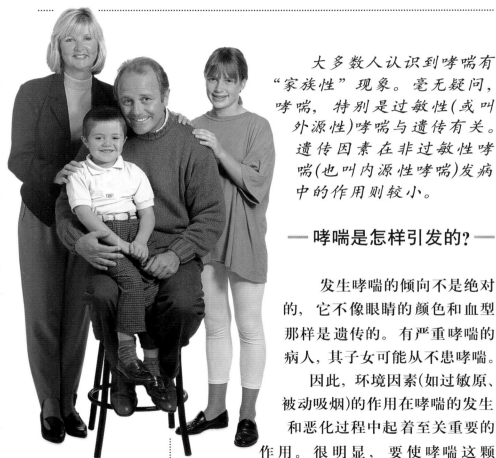

家族原因
哮喘(特别是过敏性哮喘)有"家族性"的倾向。

大多数人认识到哮喘有"家族性"现象。毫无疑问,哮喘,特别是过敏性(或叫外源性)哮喘与遗传有关。遗传因素在非过敏性哮喘(也叫内源性哮喘)发病中的作用则较小。

哮喘是怎样引发的?

发生哮喘的倾向不是绝对的,它不像眼睛的颜色和血型那样是遗传的。有严重哮喘的病人,其子女可能从不患哮喘。

因此,环境因素(如过敏原、被动吸烟)的作用在哮喘的发生和恶化过程中起着至关重要的作用。很明显,要使哮喘这颗"种子"能够"生根发芽",必须有合适的"土壤"!

尘螨及其他因素

在这种背景下，哮喘症状的第一次出现似乎与许多因素有关。例如，成年期发作的哮喘经常是在感冒或病毒感染后发生;另外，接触工作环境中的诱发因素也可能是哮喘发作的始动因素。

然而，哮喘引发的最重要因素是接触居室的尘螨(特别是儿童)，这种小于针尖的小动物生长在居室的地毯、床垫和毛皮玩具中。一个床垫中的尘螨数量可达200万只之多。

易感个体接触尘螨粪便中的蛋白质一段时间后，其体内白细胞就对这种"异物"产生过敏。吸入这种蛋白质时，支气管内膜对这种蛋白质发生反应，引起气道炎症。这种炎症造成支气管内膜过敏，一旦再次接触尘螨或其他潜在诱发因素就导致支气管管腔狭窄和哮喘症状发作。

还有其他因素可能是哮喘发作的始动因素。母亲在怀孕期间吸烟和儿童期被动吸烟，可能是某些病人哮喘发生的原因。

尘螨
尘螨(放大500倍)生长于地毯、床垫、和其他柔软的室内陈设品中，其粪便可诱发哮喘。

哮喘的引发

● 遗传

● 母亲在怀孕期间吸烟

● 儿童时期被动吸烟

● 过敏原(特别是尘螨)

● 感冒或病毒感染

● 职业性因素

被动吸烟

吸入二手烟是儿童期哮喘的助长因素。怀孕期间吸烟也使儿童容易罹患哮喘。

气道炎症

哮喘因炎症所致，这种炎症使气道过敏。炎症是机体对一系列外来物质的反应，也见于其他许多疾病，如关节炎、结肠炎和皮炎。炎症没有消除就会出现病症，并常转为慢性，哮喘就是一个例子。

正常气道内层衬有细密的保护层，称为粘膜或上皮细胞，包含多种功能各不相同的细胞，一些细胞能产生粘液，另一些细胞通过其表面的纤毛运动将支气管内的粘液清除出去。吸烟首先会破坏这些纤毛，并且可引起炎症，从而刺激气道内粘液分泌增多，这就是吸烟者为什么常咳痰的原因。有些哮喘病人，咳嗽也是其重要的症状，由于我们已知哮喘是一种炎症性疾病，这种情况也就不足为奇了。

粘膜层之下的第二层(粘膜下层)有螺旋形的肌肉组织，哮喘病人吸入诱发物质如花粉后，这些肌肉就会产生收缩。

导致气道变狭窄和喘息性呼吸困难发作有三个独立的过程。首先，气道的中层(粘膜下层)肿胀；其次，粘液腺分泌物增多(必须咳出以清除气道)；第三，炎症细胞释放的物质导致气道平滑肌收缩。

这三个过程的最后结果是气道变狭窄，

使气体进出更为困难，从而导致喘息性呼吸困难。目前，对引起气道狭窄的每一个环节已有不同的治疗方法。

哮喘病人的症状出现可以无明显原因，也可能因为接触明确的诱发物质而发作，如夏季的草本花粉。同样，气道狭窄可自发逆转或用解痉药物后得到解除，哮喘症状随之缓解。这种可变性正是哮喘的特征。我们可以利用这一特征来诊断哮喘并设计治疗方案以控制哮喘发作。

哮喘如何影响气道

哮喘发作时，气道(支气管、细支气管)壁肌肉收缩，造成气道内径狭窄；粘液分泌增多和气道内层炎症使气道进一步变狭窄。

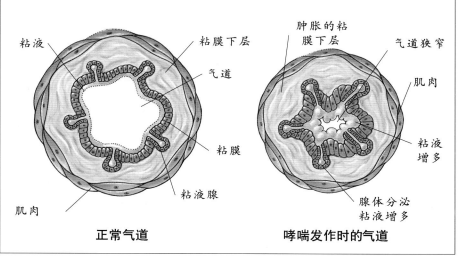

正常气道　　　　　　哮喘发作时的气道

病 例

如果你患有哮喘，你就能明白许多因素会使你的哮喘症状发作(详见第20－21页图)。

病例1　　　儿童期哮喘

约翰，7岁，他的母亲(年轻时曾患花粉症)发现他在花园里跑动时开始咳嗽。随后约翰被带到门诊就诊，一共治疗了3次，服用了医生开的抗生素，但均无效。

此后约翰的病症变得越发顽固。后来在学校上体育课劳累时发生喘息，此时才被确诊为哮喘。医生给约翰开了支气管扩张气雾剂让他在有症状时使用。此后约翰身体好转，在玩耍时没有再发生呼吸困难。

病例2　　　毛皮过敏

卡洛琳，女，27岁，慢性哮喘，在最近2个月里因哮喘病症加剧，转诊于胸科医生。

她被告知她的哮喘有许多过敏性诱因，包括草和树的花粉以及毛皮动物。

为了解病因，医生对她进行了家访，发现她家里养有14只宠物猫。

卡洛琳对猫毛皮的皮肤过敏试验反应极其强烈，但她坚决否认是猫使她的病情加剧。很明显，猫使她经常接触过敏原，这是她哮

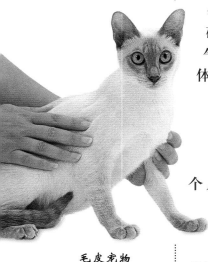

毛皮宠物

卡洛琳的宠物猫被证明是她哮喘发作的主要原因。她对猫的毛皮和皮屑(脱落的死皮)过敏。

喘持续发作的主要原因。她不太情愿舍弃猫——她的"好朋友",但在过敏原使哮喘加剧与她的"好朋友"之间,她必须作出选择。

病例3   香水过敏

乔吉娜已在百货公司化妆品柜台工作了22年,在一次病毒感染后,她发生了哮喘,起初用一般方法还有疗效。然而,一年后乔吉娜的病症加剧(特别是咳嗽),主要诱因似乎是香水气味。她自己停止使用香水,症状略有减轻。很明显,她的病症与接触柜台里的香水有关,最后她不得不放弃工作(她已58岁),之后她的症状很明显地缓解了。

香水过敏
乔吉娜在化妆品柜台工作多年之后,开始对香水敏感。一旦产生过敏,她就再也不能耐受接触香水味,只好离开这个工作。

病例4   空气污染

大卫20多岁时患上了严重的哮喘。在秋季控制哮喘症状有一定的难度。他已经增加了气雾剂的量,他的医生还给他开了两个疗程的类固醇激素片剂。

临近圣诞节时,他的哮喘病情在一定程度上得到了稳定。但圣诞节前伯明翰市持续的空气污染袭击,使大卫的哮喘明显加重,虽然加大了类固醇激素和气雾剂的量,但也无济于事,最后他不得不住院治疗——一种糟糕的欢度圣诞节方式。

哮喘的主要诱因

对易感个体，下列任一因素都可能引发哮喘。患者应该了解哪些因素对自己有影响。

运动

这是儿童哮喘特别明显的诱因，它经常可能是引发哮喘的唯一因素。但是在劳累时出现呼吸困难常被认为是身体欠佳，而没有被认识到是哮喘，于是该学生常被认为身体不好，不能在足球场上运动。

过敏原

花粉是人们认识最清楚的诱因，动物(特别是猫和马)也是引发哮喘的重要原因，长期接触这些动物会使病症持续。可是，宠物在引发哮喘中的重要性常被人们忽视，有的病人声称抚摸猫并没有导致哮喘发作，殊不知长期接触动物可能会造成病症慢性化。

烟、尘和气味

吸烟是许多哮喘病人的强烈的诱发因素，充满尘埃的环境的作用也一样，其中尘埃起着刺激原的作用。气味(如香味、刮胡膏)也是某些哮喘病人的诱因，但这不是过敏反应，据推测这是机体对其中化学物质的应激反应。最好的治疗方法就是尽可能避免接触它们。

哮喘的主要诱因(续)

感冒和病毒感染

病毒感染是各种年龄哮喘病人最常见的诱因，抗生素仅对细菌感染有效，对病毒则没有效果；而哮喘病人罕有细菌感染，因此，抗生素在哮喘治疗中作用很小，甚至不起作用，但医生在哮喘加重时还用它来治疗。

情绪激动和紧张

哮喘儿童在生日晚会上喘息症状常更明显——在晚会上兴奋和劳累使症状加重。多年来哮喘被认为是一种神经性疾病，但现在很清楚情绪因素仅是诱因而不是哮喘的始动因素。兴奋、悲伤和紧张都能诱发哮喘发作。

我们偶尔会发现病人在参加葬礼和其他此类紧张场合时哮喘发作。

气候和空气污染

许多哮喘病人知道病情受天气变化的影响，但这种影响并没有固定的模式，一些病人喜欢较冷的天气，另一些病人则喜欢燥热的环境。病人自己对此了解最清楚，要依此调整自己的行动和治疗。特别在夏季和冬季，空气污染是使哮喘加重的重要因素，尤其是患有较严重哮喘的病人。然而，还没有直接证据表明空气污染会使没有哮喘的人变成哮喘患者。

花粉颗粒
(放大观察)花和树的花粉在花粉敏感人群中会诱发哖喘发作。

病例5　花粉过敏

有一年夏季，一场严重的雷暴雨袭击英国南部，从南安普敦地区开始，横扫伦敦，然后北上到达东英格兰。在这期间，数百个病人因哖喘发作住入急救病房。许多人没有意识到他们是哖喘发作，大多数认为喘息是花粉症发作(他们已患哖喘但未被告知)。气象因素和高含量的花粉是这次哖喘爆发的原因，这是气候影响哖喘病人的一个相当生动的例子。

不同诱因之间的相互作用

对许多病人来说，疾病可能是两个或两个以上因素相互作用的结果。不同因素的组合对不同个体的影响不同。

哖喘是一种非常个体化的疾病——对某一病人有效的对另一病人未必合适，因此，需要对每一个病人都制订出回避哪些因素、如何治疗以及应急的方案。

要 点

- 哖喘有"家族性"现象，但严重哖喘病人的子女可能并不患哖喘病。
- 哖喘最重要的始发因素是居室中的尘螨(特别对于儿童)。
- 症状发生没有明显的原因，或可由一个或几个诱因造成，如劳累、病毒感染、烟、尘、忧伤、紧张、气候和空气污染。
- 诱发因素的不同组合对不同患者的影响不同。

症状和诊断

哆喘的诊断常有难度，因为其症状容易与其他呼吸道疾病相混淆，必须经过病史采集和有关检查之后才能作出可靠的诊断。

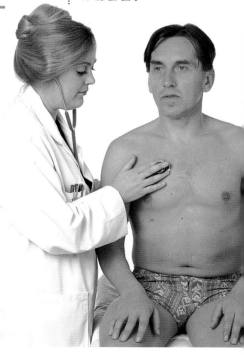

细心检查
尽管体格检查很细心，但更重要的是肺功能检查。

哆喘有哪些症状？

哆喘发作时有下列四个主要症状中的一个或一个以上：喘息、呼吸困难、咳嗽和胸闷。

喘息和呼吸困难是最常见的症状，经常是间歇性发作，可在接触已知的诱发因素之后发生或突然发作。然而，没有喘息的呼吸困难也常发生。

咳嗽常不被认为是哆喘的一个症状(无论是干咳或咳痰)，典型发作症状是在夜间或运动时出现咳嗽。

由于没有意识到哆喘会导致咳嗽，故而通常会把咳嗽诊

哮喘的四大症状

喘息和呼吸困难是哮喘最常见的症状，可以单独或同时出现；顽固性咳嗽作为哮喘症状比较不易被认识；胸闷可能只在劳累时表现明显。

喘息

可伴有或不伴有呼吸困难，喘息的发生可能没有明显的原因，也可能在接触诱发因素后出现

呼吸困难

经常与喘息和咳嗽一起出现，也可单独发生

咳嗽

咳痰或干咳可能是哮喘的征兆

胸闷

尽管胸闷是哮喘的一个常见症状，但在老年人它常被误认为心脏病

断为"支气管炎"。支气管炎常用抗生素治疗，而该药对哮喘无效。顽固性咳嗽发作达2次以上，不管有无喘息或呼吸困难，医生和病人都应意识到患哮喘的可能性。

哮喘的第四个主要症状是胸闷，经常在劳累时发生。老年人出现这一症状可能被诊断为心绞痛，二者之间的鉴别比较困难。

哮喘症状的出现经常没有明显的原因，其特点是这些症状会使病人醒来，并在早晨醒来时感到不适。夜间因为哮喘而醒来，意味着哮喘治疗不当。运动(特别是儿童)是哮喘加重的常见诱因，常常使儿童在学校不能参加锻炼。

如何诊断哮喘？

哮喘诊断较困难是由于上述这些症状也常见于其他肺部疾病或心脏病，所以详细的病历资料，如有何症状、促使症状发作的原因、持续时间、严重程度、是否有可鉴别的其他症状等，这些基本资料有助于进行诊断。

尽管胸部听诊是体格检查的一部分，但对哮喘病而言它对医生帮助不大，没有哮鸣音并不意味着没有哮喘！

相反，并不是所有的喘息都是哮喘——这给哮喘的诊断带来相当大的困难。

运动与哮喘
患哮喘的儿童经常发现运动会诱发哮喘发作，但是，如果哮喘控制良好，它就不会成为运动和其他活动的障碍。

与哮喘有相同症状的其他疾病

哮喘症状也见于其他肺部疾病和心脏病，下表显示各种症状见于何种疾病及其出现频率

诊　断	喘息	呼吸困难	咳嗽	胸闷
哮　喘	●●●	●●●	●●●	●●●
慢性支气管炎	●●●	●●	●●●	●●●
肺气肿	●●	●●●	○	●●●
支气管扩张症	●●	●●●	●●●●	●●
心绞痛	○	●●	○	●●●
心脏功能衰竭	●●	●●●	●●	●●●

注　　○　不常见的症状　　　　　●●●　常见的症状
　　　●●　可见的症状　　　　　　●●●●　总能见到的症状

呼吸试验

　　尽管单靠病史也可以诊断哮喘，但一些简单的检验常常有助于诊断。老年病人(常有心脏方面症状)检查心电图对诊断有帮助。呼吸试验目前仍是哮喘诊断的主要辅助手段。

　　用于诊断哮喘的呼吸试验有两类——呼气流速峰值测定和肺活量测定。两者都反映气道的狭窄程度，因为气道越狭窄，气道内气体流速越慢，读数就越低。

呼气流速峰值测定仪

呼气流速测定仪是一种体积小、价廉且

坚固耐用的装置，通过测定气体呼出时的最大速度来了解气道狭窄程度。这是医生在诊所常用的一种方法。然而，你也可利用它每天测定两次、三次或四次呼气流速峰值以了解一天内的变化情况。正常人在数日内或数周内峰值变化很小，而哮喘病人表现为持续性或间断性变化。一个常见的变化模式是"早晨降低型"，即在早晨醒来时峰值最低。有时峰值降低是间断性的，这经常是对某种诱发因素(如猫的毛皮)的反应。

如果只有间歇性的症状，测定流速峰值特别有用。每日监测流速峰值变化可以作为

游标

刻度
(升/分钟)

吹口

呼气流速测定仪
这是一种简单的装置，受检者深吸一口气，然后朝吹口吹气，游标随呼出的气体移动并在刻度上指出读数，这就是气体从肺部呼出时的最大流速。

如何使用呼气流速测定仪

医生或护士一般会演示如何正确使用呼气流速测定仪。以下提示对你有指导作用

1 如有可能，取站立位。
2 把游标拨到0。
3 深吸一口气，将测定仪的吹口放入口内（保持水平)并紧闭口唇。
4 突然用力吹气。
5 记下游标所指的读数。
6 重新将游标拨到0。
7 再重复作2次，共获得3个读数。
8 记下3个读数中最高的一个。

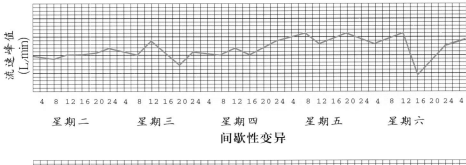

间歇性变异

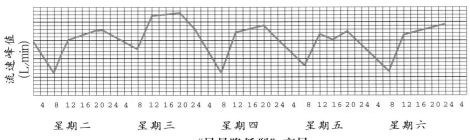

"早晨降低型"变异

流速峰值图

哮喘病人的呼气流速峰值经常变化。这些鉴别性的特征提示间歇性变异(上图)和典型的"早晨降低型"变异(下图)。

哮喘加重的"早期警报",对制订治疗方案有极大的帮助。

肺活量测定

肺活量测定的方法使用最多的是在胸科诊所和综合性医院。它不但能测定空气呼出的速度,还能测定每一次呼出的量,但它不能给出每天流速峰值的测定值。

"可逆性"试验

上述这些检查有时是在吸入支气管扩张剂(使气道扩张)前、后进行,如果在吸入药物后,读数增加15%或15%以上,说明气道狭窄是可逆的，证实哮喘的诊断。即使哮喘病人并不是每次测试都能表现出气道的可逆性，但可逆性试验对可疑哮喘病人仍是一种非常有用的诊断方法。

其他呼吸试验

如果鉴别诊断有困难，可送病人到肺功能检验室，按医生的要求，安排进行较为复杂的检验。

要 点

- 哮喘有四个主要症状：喘息、呼吸困难、咳嗽、胸闷。
- 夜间哮喘发作憋醒意味着哮喘治疗不当。
- 顽固性咳嗽发作2次以上可能提示是哮喘发作。
- 喘息并不就是哮喘，哮喘也不一定都有喘息。
- 呼吸试验常有助于确诊。

预防和自救

诊断为哮喘后似乎不可避免地要用药物去控制发作，但你和你的家庭可用许多方法来减轻症状。还有一些改变环境的方法，但被认为没有多大用处。

避免过敏原

控制房内的尘螨对一些病人非常重要，但费用昂贵。使用封闭式被褥是个有效措施，但也相当费钱，除非使用简单的聚乙烯布将床垫和每个枕头完全封闭起来，但这又使得床单容易起皱而且闷不透气。

保证松软玩具安全
将松软玩具每周放入冰箱的冷冻室内12小时，可以杀死所有的尘螨。

喷洒药物灭螨本身对控制哮喘无效。理论上，地毯和松软的室内用品应该拿掉，窗帘应使用特殊的材料。松软玩具每周应放在冰箱内冷冻12小时以杀死尘螨。因为这些措施费时或费钱，因此，吸入疗法对于大多数人用于控制症状是一种简易得多的方法。

放弃家庭宠物是个有争议的问题，但能确定对猫、狗或兔子过敏时，就必须在使用气雾剂控制症状和放弃宠物之间作出选择。长期接触宠物(甚至那些没有导致哮喘明显发作的宠物)使敏感的病人长期接触高水平的过敏原会导致哮喘逐渐加重。对于那些症状难以控制的严重病人，我们有时只好坚持让他们放弃宠物。

我认为病人的意愿非常重要。一些病人宁愿放弃宠物而不用气雾剂，另一些病人则宁愿受哮喘折磨也不愿抛弃他们最要好的"朋友"。只有当信念和愿望对病人造成危险时我们才应强调病人与宠物分开。

中央供热系统

没有直接证据表明哪一种类型的供热系统对哮喘病人有益或者有害。一些病人反映煤气取暖器使室内空气过分干燥，但这可能不是主要问题。另一方面，有充分理由相信，管道或暖气供热系统会造成危害，特别是对于那些对尘螨过敏的病人。但是更换这种系统

帮助你自己或你的孩子

- 不要吸烟
- 尽可能避免感冒
- 控制过敏原的接触
- 在医生帮助下，制订一个自我治疗计划
- 告诉老师有关你孩子哮喘的情况，并要求在需要时能够拿到气雾剂
- 避免已知的诱发因素

费用昂贵。如果病人正在安装新的供热系统，我会建议他们不要安装此类系统。

卧室温度

17世纪有位名医约翰·弗洛伊尔爵士，他本人是哮喘病人，他认为夜间哮喘发作醒来是由于"床铺太热"造成的，也就是说睡眠时打开窗户或夜间保持空气凉爽对哮喘病人是有益的。事实上，对此没有确切的答案。有些病人喜欢夜间较凉爽的空气，而另一些病人会发现这种凉空气会造成喘息发作。特别是他们若因其他原因夜间不得不起床时，喘息症状更明显。因此，应按照最适合你的原则来调节环境温度。

感冒和流感
呼吸系统感染，如普通感冒或流感会导致哮喘病症加重。

病毒感染

病毒是哮喘恶化的重要原因，明智的方法是设法避免与感冒病人接触。当然对于小学生和他们的母亲而言，这是难以做到的——学生必须去上学，父母不可能因为担心感冒而将他们隔离起来。

食物过敏

小部分哮喘病人(特别是儿

童)有食物过敏症，因此，病人的愿望和控制哮喘症状之间不得不再次作出选择。真正的食物过敏不是特别常见，但无疑比医生所预料的要多。食物过敏常常难以诊断，并需要作一些很费时间的检验。皮肤过敏试验容易造成误导，不能依此排除或作出食物过敏的诊断。辨别哪些食物会使哮喘加剧对控制哮喘发作效果显著。

病史明确的食物过敏(如在吃一粒花生后数分钟内出现喘息症状)是容易辨别的，最好的治疗就是避免食用它。但对奶制品或小麦敏感的识别较为困难，因为这些食物的影响是慢性的，停止食用这些食品的效果也不会是很明显的。

病例1：坚果过敏

尼克从儿童时期起就患有哮喘，他知道花生会造成严重的哮喘发作。为防止哮喘发作，他小心翼翼地避开一切含有花生的食物。他10多岁时哮喘已有一定的改善，但他仍然不吃花生，偶然吃到含有花生的食物，他会立即感到口腔中有一种刺痛感，便立即吐出来，这种做法往往有效地防止了哮喘的发作。

有一天，他在外就餐时，突然意识到他已经吞下含有花生的食物，数分钟内，他舌、

严重反应
进食含有花生的食物后数分钟内，尼克的舌、唇肿胀，很快失去意识

唇肿胀，哮喘严重发作。到达医院时他已经意识丧失，发绀。幸运的是他及时被送达医院。目前他仍需要一段短时间的供氧使病情恢复。这个病例说明食物过敏原的危险性。

如果你觉得你对某些食物过敏，你应该请相关专业的医生做进一步检查。

病例2：小麦制品过敏

卡洛琳现年35岁，她10多岁时就患哮喘。最初这影响了她的生活，但她努力发展她的事业，并且哮喘得到了良好控制。然而，2～3年后她的症状开始加重，需要频繁服用类固醇激素。最后服药剂量达到最大仍然没有效果，她只得住院接受食物排除检查，结果发现她可能对小麦制品敏感。禁食小麦制品一段时间后，她接受了小麦胶囊激发试验，这使她的哮喘症状加重一周，证实了上述怀疑。自从禁食小麦制品后，她的哮喘被较好地控制，尽管她仍然需要中等剂量的气雾剂，但很少需要口服类固醇。

剔除的食物

自从在卡洛琳的食谱中去掉小麦制品(如面包)之后，她的哮喘得到了较好的控制。

如果你怀疑食物过敏，避开该食物是唯一的出路。避开不常吃的食物(如贝壳类)比较容易，但如果你对奶制品或小麦制品过敏(较常会引起过敏的两种食物)，那么你的日常饮食就显得特别麻烦，与众不同。一些病人宁愿坚持控制饮食而不愿服用任何药物。通过饮食疗法很少能完全控制哮喘，它只能被看作是适当药物治疗的辅助治疗。

吸 烟

吸烟对哮喘是有害的。遗憾的是，15%~20%的哮喘病人吸烟，这些病人很可能因哮喘急性发作而住院，也更容易发生气道不可逆性狭窄。

如果你吸烟，无论如何都要设法戒烟——这需要亲朋好友的大力支持，"就吸这一根"是有害的，递烟给你并非是一种对你友好的行为。

被动吸烟会造成儿童哮喘。与父母不吸烟的孩子相比，吸烟父母的孩子更容易发生喘息，辍学的时间也多。双亲都吸烟时这种现象更明显。母亲吸烟似乎比父亲吸烟的危害更大，这主要是因为大多数孩子与母亲接触的时间更多。连同其他所有危险因素(如家族史)都估计在内，怀孕期母亲吸烟，出生的小孩患哮喘的危险性也是更大的。

戒除坏习惯
任何有吸烟的哮喘病人都要立即戒烟。哮喘病人还应该避开烟雾缭绕的环境。

学 校

在儿童中，运动诱发哮喘是常见的，并且会因此产生一些问题：老师会责备学生"不积极"或企图逃避体育课，同学会取笑他们"没用"以及进行其他难堪的奚落。预先准备药物对此有所帮助。哮喘儿童在运动前15分钟使用气雾剂是个好办法，如果仅在运动中使用，就会在药物生效之前出现哮喘症状。

在第一次运动中哮喘发作之后，有些儿童会有一段时间即使长跑也不出现问题，还可以保持到学期结束。不幸的是这种所谓的"不应期"常给心存疑虑的老师或同学这种印象：这孩子总是在想法"逃避"。

学校运动
在任何运动之前15分钟使用气雾剂有助于预防喘息发生。

这就给学校提出一个课题，许多老师对哮喘没有多少认识，应该说如有机会，他们也希望了解更多有关哮喘的知识。如果你的孩子患有哮喘，你应该找机会告诉老师，你的孩子应该能够很容易拿到备用的气雾剂(解除气道痉挛)。通过向老师解释如何使用气雾剂可以减少老师对气雾剂危险的担忧。

运　动

许多顶级运动员患有哮喘，但却能够适应高水平的竞争。上述适用于儿童的自救措施实际上同样适用于成年人，尤其是运动前使用气雾剂的方法。每天第一次锻炼前先作热身运动在一定程度上对防止运动诱发的哮喘有好处。

要　点

● 控制尘螨对某些病人很重要。

● 严重哮喘病人必须与宠物分开。

● 食物过敏的病人仅通过饮食疗法很少能完全控制哮喘症状。

● 吸烟的哮喘病人必须立即戒烟。

● 怀孕期间吸烟，会增加婴儿患哮喘的危险性。

● 哮喘儿童的父母必须向老师解释，你的孩子在需要时应该能立即得到气雾剂。

治疗哮喘的常用药物

哮喘治疗药物
气雾剂是使药物进入肺部深部的一种简便方法。

治疗哮喘的药物可分为三大类，即：解痉剂、预防性药物和急救药物。

解痉剂

这类药物能松弛气道壁肌肉，开放气道，使空气容易进出气道，使呼吸顺畅。该药称为支气管扩张剂，常以气雾吸入的方式给药。气雾剂通常是蓝色的，有时也为绿色或灰色。气雾剂有一系列类型。气雾剂大多数情况是在症状发作时使用，而不用作为常规的基础治疗。如果哮喘比较严重，也可遵医嘱常规使用气雾剂。

预防性药物

这类药物通过减轻气道炎症，缓解气道应激性而起作用。与解痉气雾剂相反，预防性药物是作为常规的基础治疗药物，通常是每天两次。在一定程度上，它们的功能就像

抗哮喘药物的吸入

吸入抗哮喘药物是预防和缓解哮喘的最有效方法。气雾剂可将药物迅速分布于气道使症状立即得到缓解。

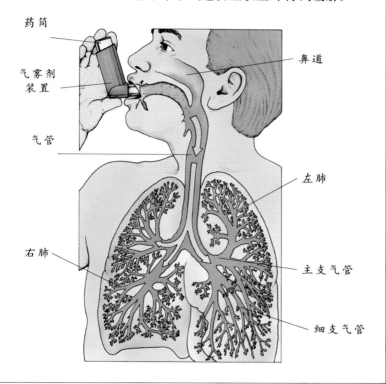

药筒

气雾剂装置

气管

右肺

鼻道

左肺

主支气管

细支气管

牙刷——经常使用可令你远离烦恼！许多病人为了避免遗忘，常把他们的预防性药物放在牙刷边上，因为当哮喘控制良好、少有症状时，预防性药物就很容易被忘记使用。预防性药物的气雾剂大多为褐色或橘黄色，有些为红色或黄色。预防性药物的气雾剂主要

有三类：类固醇激素气雾剂、色甘酸气雾剂和奈多罗米气雾剂。气雾剂装置有多种不同的类型(见第82—91页)。

类固醇气雾剂

"类固醇"一词会引起许多人不安的联想，从而使人们对这类非常有效的药物产生许多误解。

● 这种类固醇不是某些运动员非法使用的合成代谢性的类固醇。

● 作为预防性药物的类固醇气雾剂与用于治疗急性哮喘发作和关节炎的类固醇片剂是同一类型药物。

● 与片剂相比，气雾剂的剂量是相当小的，如倍氯米松100每天喷2次的药量是400μg，急性哮喘病人每天需要服用6片(每片5mg)类固醇片剂——总共30000μg，是气雾剂的75倍。

● 与口服类固醇相比，气雾剂的副作用是很小的。最重要的是，与哮喘不治疗造成的危险性相比，气雾剂的副作用更是微不足道。

● 5%使用类固醇气雾剂的病人诉口腔疼痛或口干(有时是鹅口疮造成的)，另有5%的病人诉有声音嘶哑，对于那些用声多的人(如教师或话务员)，这是值得关注的。

副作用

少数人使用气雾剂后会感到口干或口腔疼痛，这可能是由于鹅口疮所致。如果有这个症状，请用镜子检查你的喉部。如果你认为有问题，就应该去看医生。

治疗哮喘药物主要类型：

● 解痉剂

● 预防性药物

● 急救药物

● 大剂量(每天 ≥ 1500μg)时, 副作用(如易擦伤)可能会变得明显(特别是老年人), 出现鹅口疮和声音嘶哑的次数增加。有些病人会发生白内障。类固醇气雾剂引起骨质疏松(骨质变薄)的提法还存有争议。任何此类副作用都必须与哮喘不能控制造成的危险性进行权衡。通过漱口和使用大容量的隔离装置(见第46页)可使气雾剂的局部副作用减少到最低。这种隔离装置可以显著减少口腔中沉积的药物量。

● 有一些证据表明高剂量的类固醇气雾剂对一小部分儿童有轻微的生长抑制作用, 但是一旦哮喘儿童达到成人的身高, 生长发育总是正常的。

与使用类固醇气雾剂相比, 儿童期慢性、未治疗的哮喘更可能造成生长抑制。

类固醇气雾剂是所有类型哮喘病人非常有效的预防性药物, 并被视为大多数哮喘病人预防性治疗的最佳选择。

预防性药物的主要类型

预防性药物作为基础治疗以控制和减少哮喘症状。图中显示这类药物及给药方式

药物类型	给药方式
类固醇气雾剂	吸入
色甘酸	吸入
奈多罗米	吸入

色甘酸（咽泰）

使用色甘酸钠的历史与使用类固醇气雾剂的历史一样长。它是儿童轻微哮喘很好的预防性治疗药物，特别对于控制运动诱发的症状效果非常好。与类固醇气雾剂相比，它的不足之处是一天要用3—4次。但用于预防运动诱发的症状，它可供在锻炼之前方便地使用，而且没有副作用。

奈多罗米（替拉特）

奈多罗米钠的预防性效果与小剂量类固醇气雾剂相似，是一种薄荷味的干粉气雾剂。

其他预防性药物

有两种其他药物用于治疗哮喘：茶碱和新的白细胞介素拮抗剂。

● 茶碱的片剂早期是用作支气管扩张剂，现在更倾向于用作预防性药物。因为类固醇气雾剂疗效好且安全，所以现在上述药物可能比过去少用了。一些病人服用该药后感觉恶心和头痛，但其长处是可以口服——有些人对掌握气雾剂装置的正确使用有困难。

● 使用白细胞介素拮抗剂是哮喘的全新疗法。该药本质上是预防性药物，但有轻微的支气管扩张作用。该药刚刚上市，哪种哮

吸入性哮喘药物的主要类型

大部分治疗哮喘的药物是气雾剂，它们是解痉剂或者预防性药物，前者用于哮喘开始发作时缓解哮喘症状，后者作为常规治疗以控制哮喘发作。

解痉剂		预防性药物	
药物名称	气雾剂名称	药物名称	气雾剂名称
沙丁胺醇	Ventolin Salbulin Salamol Aerolin Airomir	倍氯米松 (50, 100, 200, 250, 400 µg)	必可复酮系列 （包括必可复） Beclazone 系列 AeroBec 系列 Filair 系列 Qvar 系列
特布他林	博利康尼		
菲诺特罗	备劳喘	布地缩松	普米克 100, 200, 400µg (托布气雾器用)
沙美特罗	沙摩特罗		
埃弗特罗	弗雷地 欧希思	氟替卡松	氟地松 125, 50, 125, 250µg
异丙阿托品	爱喘乐 Atrovent forte	色甘酸	咽泰（每喷5µg） （旋帽20µg）
氧托溴铵	Oxivent		
菲诺特罗和 异丙阿托品	Duovent		色甘酸
沙丁胺醇和 异丙阿托品	Combivent	奈多罗米	替拉特

喘病人最适合用这类药物还在探讨中，然而，它们是阿司匹林敏感哮喘病人的特效药，可供临床选择。迄今为止，该药已知的副作用较少，是一种安全的片剂药物。

急救药物

哮喘急性发作时，有两个紧急治疗措施可供使用：大剂量解痉剂（经常需要雾化器）和大剂量的抗炎药物（口服或注射类固醇激素）。

有些病人可用雾化器或口服类固醇片剂进行自我紧急治疗，但大多数以前没有严重发作的病人，应该尽快与医生或当地的急救机构联系，拖延时间是危险的，安全总比后悔好！

使用雾化器
雾化器是一种简单的空气压缩器，气泡通过药液后产生气雾，气雾通过吸嘴或面罩吸入肺内。

用于哮喘急性发作治疗的雾化吸入药物有沙丁胺醇、特普他林和异丙阿托品。雾化器本身是一个简单的空气压缩器，气泡通过药液时产生薄薄的气雾，气雾通过面罩或吸嘴吸入肺内。

药物如何作用于气道

预防性药物和解痉剂的作用方式不同。预防性药物可减轻气道的炎症，减轻气道的应激性；解痉剂可松弛气道壁的肌肉，使气道开放。

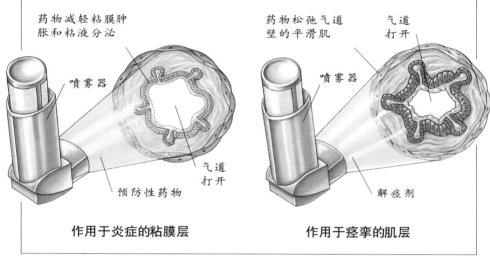

药物减轻粘膜肿胀和粘液分泌

喷雾器

预防性药物

气道打开

作用于炎症的粘膜层

药物松弛气道壁的平滑肌

气道打开

喷雾器

解痉剂

作用于痉挛的肌层

当大剂量其他药物治疗无效时，雾化药物有时也可用于常规治疗比较严重的哮喘病人。

雾化器不能代替预防性药物气雾剂。

给药装置

许多病人不能有效地使用计量喷雾器(喷扑)。因为若使用不当，药物会从它的顶端漏出。

这时，可以选择使用另一种类型的喷雾

计量喷雾器

这种装置通常称为"喷扑",是速效解痉剂的给药装置,有些人(特别是儿童)使用起来比较困难。

器,这种装置可以根据你的呼吸运动将药物吸入肺内,而使用喷扑时呼吸动作必须与喷雾动作协调一致。

最常用的"呼吸激发式"装置是间隔装置——一个大的塑料球形体,它的作用相当于储存室,从"喷扑"喷出的药液暂存于其中,然后再被吸入肺内。间隔装置由塑料制成,经过静电处理,药液可以粘附在内壁,以减少进入肺内的药物量。间隔装置最好每周洗涤一次,沥干,并用抗静电布(音响商店有售)擦拭。

其他呼吸激发式装置还有旋转式气雾器、托布气雾器、盘状气雾器、精准气雾器、克立克气雾器和自动气雾器。这些装置各有优缺点(见第82～90页)。不同的患者适用不同的给药装置。

给病人配备一个适用的装置是很重要的,一个适用的装置可以让病人更有效地利

使用"间隔装置"

儿童经常会发现这种"间隔装置"比"喷扑"好用,因为它不要求吸气动作与按压喷雾器的动作同时进行。但是它的体积比较大,最好由成人帮助使用。

用它。除了间隔装置外，其他呼吸激发式装置比较昂贵。不过，从长远看，与使用"便宜"装置带来的不方便相比，正确使用"贵"的装置可能是"比较便宜"的。

—— 渐被淘汰的CFC(含氯氟烃)喷雾器 ——

计量喷雾器(喷扑)含有CFC作为推进剂，因为CFC对臭氧层有影响，含有CFC的喷扑正被逐渐淘汰。一些含有其他推进剂的喷扑也正在上市，它们外观与现有的喷扑相似，其内药物一样，效果也相同。

要 点

● 治疗哮喘的药物有：解痉剂、预防性药物和急救药物。

● 大多数病人选择类固醇气雾剂作为预防性治疗。

● 必须根据每个病人的情况正确选择给药装置。

哮喘的治疗

治疗哮喘的目的是控制哮喘症状，而不是让哮喘控制着你。

仅仅偶尔需要几喷解痉剂的病人治疗比较简单。对于哮喘比较严重的病人，医生必须和病人共同拟定治疗计划，因为哮喘是一个相当个体化的疾病，对这个病人适合的未必对另一个病人就适合。最近已有由哮喘治疗方面的专家小组提出的哮喘治疗方案，供临床医生和护士参考。

参与拟订治疗计划 医生和病人共同讨论，拟订良好控制症状的治疗计划。

这些方案使用简便，但还不像我们所希望的那样为大多数医生所接受。它们是一系列阶梯疗法：控制哮喘症状的升阶疗法和哮喘已被良好控制只需小剂量药物治疗时的降阶疗法。

在介绍这些阶梯治疗方案之前，先应了解预防性治疗的重要性(详见第30~37页"预防与自救"章节)。避免使用会引起哮喘或会加重哮喘症状的药物(如阿司匹林、β受体阻滞剂)是非常重要的。即使你服用这些药物一段时间并没有出现问题。但是，一旦开始出现喘息性呼吸困难，就要停用这些药物，同时必须停用类似于阿司匹林的药物，换用其他替代药物(详见第61~67页"特殊类型哮喘")。

阶梯疗法

下述所列的是最新的英国哮喘治疗阶梯疗法。它是一种采用最小剂量药物控制哮喘的分级治疗方法。

第一级：大多数病人适合这一级。建议病人按需使用解痉气雾剂。如果你的气雾剂用量平均每天少于1喷，就不需要进一步药物治疗；如果你的解痉气雾剂用量增加，你必须去看医生。如果你的气雾剂量超过每天1喷，就要升到第二级治疗。

第二级：如果解痉气雾剂的使用平均每天超过2喷，则需要用预防性药物气雾剂，具体选择哪一种得由医生根据常规作出决定(详见第38~47页"治疗哮喘的常用药物")。治疗目标是把解痉气雾剂用量减少到每天少于1喷，并改善症状。

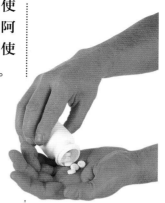

寻找替代药物
一些药物，如阿司匹林会导致哮喘或使哮喘加重，这时必须停用会引起喘息的药物，并向医生咨询，寻找替代药物。

第三级：如果症状持续存在，医生会使用较大剂量的预防性药物或者考虑增加另一种药物。当然，这也必须与病人讨论并对病人的特殊需要进行评估后，由医生作出决定。

更高级：如果症状仍然存在，可以考虑以下措施：进一步加大预防性药物气雾剂量，口服类固醇激素，使用雾化器及选择其他治疗方案。在这个阶段，你最好到胸科诊所咨询，对你的情况进行评估，但我们希望这一级的治疗由你的医生来管理。

降阶疗法：在医学上，症状无法控制时，很容易想到启用新的疗法；但是当症状控制良好或者新药没有更多的好处时，要停止某种治疗却不那么容易。

治疗计划

控制哮喘的良好途径是制订一个治疗计划，它将指导你在哮喘好转或加重时该做些什么。有两种类型的治疗计划。

以流速峰值为依据的治疗计划

呼气流速测定仪的使用和读数都较简单，急促地吹一口气，就可记录下空气从你肺部呼出时的最大速度，通常是连续作三次，记

控制哮喘的阶梯疗法

这些由哮喘治疗方面的医生和护士开出的治疗指南，能够用最小剂量的适当药物使哮喘症状得到较好的控制。

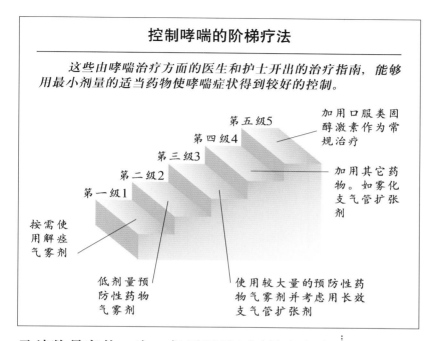

第一级1

第二级2

第三级3

第四级4

第五级5

加用口服类固醇激素作为常规治疗

加用其它药物。如雾化支气管扩张剂

按需使用解痉气雾剂

低剂量预防性药物气雾剂

使用较大量的预防性药物气雾剂并考虑用长效支气管扩张剂

录读数最高的一次，每天记录2次(早上醒来时和晚上上床睡觉前)就够了，但有时你的医生也会要求你每天多作几次。

以流速峰值为依据的治疗计划，需要一张流速峰值表(上面附有目标值)用来记录每次的呼气流速峰值。第一个数值是目标值，它通常是最佳值的70％～80％。如果你的呼气流速峰值超过这个目标值，就没必要调整治疗药物；如果你的流速峰值在24小时之内下降到低于这个值，你就必须加大预防性药物气雾剂的量，直到流速峰值上升到目标值之上，并维持2～3天。

表格上的第二个数值大约是最佳值的50%～60%，如果你的流速峰值处在这个水平，你需要口服类固醇激素治疗一个疗程。

医生允许病人自己使用流速测定仪，但是，如果你在服用类固醇激素，有些医生则愿意监督病人操作。必须寻求急诊或医疗帮助的最低值由医生设定，如果你的流速峰值低于这个值，你就必须向医生咨询或到当地急救机构求诊。

流速峰值表可以是柱形图，也可以是曲线图，有些病人喜欢用后一种，因为它更容易看出病人呼气流速峰值的变化情况。

病例1　以呼气流速峰值为依据的治疗计划

威廉是个患有哮喘病的少年，他习惯于只在感到需要时才使用气雾剂，结果他经常缺课。上中学时，他的哮喘症状没有缓解的迹象，医生决定为他制定一个治疗计划。

威廉第一次在家里测定呼气流速峰值(早上起床时和晚上睡觉前各作一次)，呼气流速测定仪就放在他的床边，他的父母可以监督他将读数记录在图表上。他发现呼气流速峰值变化相当大，醒来时流速峰值低到150L/min以下，而夜间又可达到270L/min。

之后，威廉开始更有规律地使用预防性药物气雾剂，呼气流速峰值变化程度也变小了，有时读数可以达到设定值300～350L/min之间，这时他早上和晚上使用类固醇气雾剂各喷1次，解痉气雾剂的使用频率也明显减少。

医生给他设定的目标值是275L/min——当他的呼气流速峰值在24小时内低于这个数时，预防性药物气雾剂的用量就加倍，保持较大剂量使流速峰值超过这个目标值，并且持续3天以上。

第二个阈值设为175L/min——呼气流速峰值低于这个数时，威廉知道必须向医生咨询，口服类固醇激素一个疗程。

经过治疗之后，威廉可以不必再使用口服类固醇激素了。这时他开始认识到有规律地进行预防性治疗的好处，在此后的一年时间里，他仅仅三次加大类固醇气雾剂的用量（当呼气流速峰值＜275L/min时）。

以症状为依据的治疗计划

这个治疗计划以哮喘症状的程度作为调整治疗药物的根据，其操作与以呼气流速峰值为依据的治疗计划一样。

病例2　以症状为依据的治疗计划

杰基没能很好地测定呼气流速峰值，医生建议她改用以症状为依据的治疗计划：如果连续两天每天解痉气雾剂量超过3喷，或者有感冒，或因夜间哮喘发作而醒来，就加倍使用预防性药物气雾剂，这样使得症状得到较好控制。如果加倍上述药量仍然不能使症状缓解，她就必须去看医生，重新诊治。

选择治疗计划

一些病人适合于以呼气流速峰值为依据的治疗计划，而另一些病人可能更适合于以症状为依据的治疗计划。选择哪一种治疗计划往往要考虑许多因素。有时，一些病人可以综合使用上述两种治疗计划。这两个计划都要考虑到预期因素的影响(如感冒或接触已知的过敏原)。如有感冒早期症状，必须增加预防性药物气雾剂的用量至少一周，直到感冒症状消失，才能恢复到原先的剂量。一些病人感冒时只需吸入类固醇气雾剂，他们在出现轻微感冒症状时就开始使用，并持续2周，如果这时哮喘症状仍然持续存在，那就必须保持这个剂量，并且去看医生。

专业帮助
现在许多医疗机构由训练有素的护士给哮喘病人提供咨询，并且管理这些病人的治疗情况。

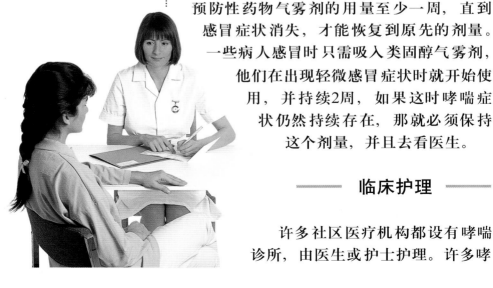

临床护理

许多社区医疗机构都设有哮喘诊所，由医生或护士护理。许多哮喘诊所是由经过专业培训中心培训、具有哮喘治疗知识的护士来护理的。她们在哮喘治疗中的作用非常重要，可以为社区内哮喘病人提供比普通诊所好得多的服务，除非发生问题，一般很少需要转到医院治疗。

护士经常比医生更常去看望病人，这样可让医生有时间去诊治其他病人，但是护士非常清楚当病人病情恶化时需要医生去看望病人。这大概就是社区医疗机构设置哮喘诊所并由训练有素的护士来护理的目的了。

要 点

● 治疗方案帮助医生和护士制定一系列的治疗步骤，为哮喘病人提供理想的治疗方案。

● 有效控制哮喘的办法是制订治疗计划。

● 治疗计划可以呼气流速峰值或以症状为根据。

● 许多社区医疗机构设有哮喘诊所，由训练有素的护士护理。

老年人哮喘

晚发型哮喘
尽管哮喘多见于儿童和年轻人，但它也可持续到晚年，甚至在晚年才发病。

哮喘常被认为是青年人(特别是儿童)的疾病。的确如我们平时所知，儿童哮喘相当多见。随着这些病人的长大，有的人哮喘症状仍然持续存在，有的仅有轻微的症状，有的则已经摆脱了所有的症状。

有些病人在年龄较大时才首次发作哮喘，通常认为这些病人的哮喘比较严重，需要口服类固醇激素，过敏因素在这些人中似乎比较少见，虽然这些看法有时是对的，但必须认识到各种年龄层的哮喘模式有很多交叉。需要反复强调的是诊治哮喘时，每一个病人都是一个独具个性的个体，治疗应因人而异。

症状

老年病人的症状与年轻病人的一样，但呼吸困难(特别在劳累时)更多见，这通常是由于60岁以上的老年人有的曾经有吸烟史，并遗留不可逆的支气管狭窄，这就意味着其中有些人一旦劳累就会很快出现呼吸困难的症状。

老年人诉说劳累时胸闷，这时诊断比较麻烦。因为老年人心血管疾病较常见，而且心绞痛和哮喘的症状极其相似，这就可能会延误心绞痛或哮喘的诊治。

病例　晚发型哮喘

汤姆，男，82岁，因持续6个月呼吸困难而去看医生。其呼吸困难有时是突然发作，有时在劳累时发生，没有喘息，但伴有胸闷，因劳累而感呼吸困难时胸闷更明显。

医生的初步诊断结论是：这样年龄的男性可能是心脏病发作，但按心绞痛治疗却无效。他被送到综合性医院会诊，医生认为需要排除晚发型哮喘的可能性，但他相当肯定自己患此病的可能性不大。会诊医生发现，病人记录下来的呼气流速峰值变化是哮喘的典型表现，按哮喘治疗后病人的症状明显缓

鉴别症状

老年人呼吸困难常常是心脏病造成的，所以需要进行鉴别。汤姆的呼气流速峰值测定结果显示他患晚发型哮喘。吸入抗哮喘药物后，他的症状减轻了。

解。

病人得知自己患的是哮喘后，他的反应是感到气愤："什么?我从不吸烟，我总是自己照顾自己，我的家庭中没有哮喘病人!"

经过解释、安慰，他现在每天使用2次每次2喷类固醇气雾剂，这使他的症状得到明显缓解，从而也就消解了他的怒气。他现在能一如既往地去料理花园，仅仅偶然需要用解痉气雾剂。

怎样治疗?

老年哮喘的治疗与年轻人一样，可以遵循同样的阶梯疗法。可能出现问题之处是气雾器的使用。旋帽干粉气雾器不适合于手臂患有关节炎的患者使用，手臂僵硬或疼痛的病人也不方便使用喷扑。

配上附加装置可以使喷扑适合于这些病人使用(如"气雾器伴侣")。大容量的隔离装置通常也能减少这类麻烦，这些实际上算是为那些病人制作的气雾装置。

随着年龄的增长，病人同时可能会伴有多种疾病，需要用多种不同的药物，这常常会造成混乱。因此，医生有责任尽可能选用简单的治疗方法，有时甚至需要放弃理想的治疗方案，仅仅保留最重要的药物。

任何治疗的副作用在老年人都比较常见。较严重的哮喘病人，口服类固醇激素的副作用可能较为明显，特别是骨质疏松和皮肤变化(易擦伤、皮肤变薄、伤口不易愈合)。使用大剂量类固醇气雾剂(大于1500μg／天)也会造成这种皮肤改变，只是程度较轻。

预后怎样?

较大年龄开始发作的哮喘通常较难根治，是病人不愿相伴的"终生伴侣"，但适当地进行好的治疗对控制症状还是非常有效的。

每个人都有自己的目标，有的人目标是能在花园里摆弄摆弄，哮喘未得到治疗的病人可能就达不到这个目标；有的人可能希望能重新去散散步或者能自己去购物或能与朋友一起去酒馆小酌几杯。能让病人达到各自的目标便是成功的治疗，而不必要增加气雾剂的量，不断地试图去达到病人并不需要而且实际上达不到的更高目标。

如前所述，在过去的5～10年间老年哮喘病死亡率有所增加，原因还不清楚，我怀疑在既往许多人被认为是死于支气管炎，现在则更多诊断为支气管哮喘。所以我们在防止哮喘死亡方面还不能自满，任何年龄的哮喘都会造成麻烦。

老年哮喘病人的预后是乐观的，治疗也是安全有效的，只是要多加注意药物的副作用(特别是较严重的哮喘病人)。

要 点

● 哮喘可以在晚年才出现，其症状多表现为呼吸困难(特别在劳累时)。

● 老年人哮喘与心绞痛常较难鉴别。

● 老年哮喘病人治疗药物的副作用较常见。

● 尽管哮喘不能根除，但老年哮喘病人通过适当治疗能够有效控制症状。

特殊类型的哮喘

许多人哮喘原因不明，但是另一些人常因某种过敏原诱发哮喘。其他特殊类型的哮喘有脆弱型哮喘、阿司匹林敏感型哮喘和夜间哮喘。

过敏性哮喘

如果在你的病史中有一种或多种过敏因素起作用，有时就需要进一步的试验来证实并识别过敏原。这种试验较简单，约半小时即可完成。通过细针，将一系列已知过敏原溶液(如尘螨、花粉、猫毛皮等)注射到前臂的皮下，约15分钟后局部会发生反应，看起来像小面积的荨麻疹，通常有瘙痒感。注射药液本身没有疼痛，只有轻微擦伤感，而瘙痒则令人较难忍受，并会持续半小时左右。

测量过敏原的反应大小(皮疹大小)不仅可以证实你对哪种过敏原过敏，而且可让你了解过敏的程度。

识别过敏原
如果你怀疑哮喘是由某种过敏原(如猫或狗)造成的，可以通过特殊的过敏原试验来证实。

一些强致敏诱因

　　哮喘过敏原可通过不同途径——呼吸、饮食或皮肤吸收而进入体内。下列是最常见的几种过敏原。

食物

宠物皮毛

尘螨

孢子

花粉

马

这有时对哮喘治疗有帮助，因为它会告诉你应该避开哪些诱发因素、还能让你鉴别出哪些东西在你的哮喘发病中并不是主要因素。

较小的皮肤试验反应可能并不要紧，可是一些病人却过分重视，这样反而不好。我曾见到一些病人皮肤试验呈弱阳性，就采用不必要的特殊饮食，结果对哮喘治疗反而无益。还是那句话：每个病人都是一个独具个性的个体，他们的需要必须个体化。

脱敏疗法

如果你已知对某种过敏原(如猫或兔的皮毛)过敏，又无法避免接触它们，而你的哮喘用常规药物治疗效果不好，那么你可以考虑脱敏疗法，这只能在医院里做，而且每次只能做一种过敏原。已经有许多脱敏治疗引起严重反应(如哮喘发作而住院，甚至引起死亡)的例子。对花粉症病人这种严重反应现象较少，但对哮喘病人就要多加小心，所以哮喘病人的脱敏治疗只能在医院里进行。

脱敏疗法的步骤：在上臂的皮下注射小剂量的过敏原(会引起过敏的物质)，开始时用很小很小的量，然后每周逐渐加量以避免出现严重的过敏反应，根据你的需要并由医疗中心决定在疗程结束前每隔不同的时间

脱敏的哮喘病人
你若无法避免接触特定的过敏原(如家庭宠物)，脱敏治疗可能是一个办法。

注射一次。注射部位常常发生小的局部反应（如皮肤发红），但这些在当天就会消退。如果脱敏治疗结束并获成功，疗程结束之后间隔不同时间再注射几次，可增强疗效。

在英国，哮喘的脱敏治疗很少做，大多是因为害怕严重反应，同时也因为许多医生不相信这种方法能够奏效。如果你想了解更多情况，可以向医院咨询。

脱敏疗法

脱敏治疗要注射一个疗程。小剂量的过敏原注射到皮下，在数周内注射量逐渐加大，直到你能够耐受这种过敏原。

脆弱型哮喘

此型哮喘很罕见。有时哮喘虽然已得到很好控制，但病人却突然发生严重的哮喘发作，有时在已有的哮喘基础上发作，医生和病人采用每日常规治疗，但对控制症状感到束手无策。这类型哮喘病人需要住院治疗，死亡的危险性也增加。

过敏似乎在这类哮喘中比较常见，有时哮喘急性发作是由于病人吸入或吃了他们会过敏的物质。这种哮喘经常使病人及其家人非常紧张，对此，心理因素似乎非常重要——但究竟是哮喘导致心理紊乱或是有其他原因，这还有争论。

脆弱型哮喘的治疗极其困难，应该由有哮喘治疗经验的专科医生来治疗。

阿司匹林敏感型哮喘

大约5%的成年哮喘病人对阿司匹林敏感，在儿童则很罕见。这类病人的皮肤过敏原试验常呈阴性，会反复发作鼻息肉。如果你属于这种类型，就必须避免服用所有含阿司匹林的药物，包括一系列治疗关节炎的药物，如布洛芬(ibuprofen)、双氯灭痛(diclofenac)和吲哚美辛(indomethacin)。如果不能确定某种药物是否对你有影响，应向医生或药师咨询。阿司匹林敏感型哮喘病人可能会在无意中吞服含阿司匹林药物后死亡。通常避免服用这类药物即可预防发作。病人也可以做脱敏治疗，但这必须在医院里进行。

这种脱敏疗法是口服小剂量的阿司匹林，病人须在医院里受到严密监护，每次口服后要重复呼吸测试数小时。这种疗法比较费时，但对一些病人是有益的。

了解药物成分
如果你对阿司匹林敏感，在服用任何药物之前，一定要向医生或药师咨询。

夜间哮喘

夜间哮喘经常被认为是哮喘的一个特殊类型，事实上夜间因为哮喘发作而醒来是哮喘没有很好控制的征象，见于任何类型的哮喘病人。大多数病人经过适当治疗就能解决问题，但也有一些病人病情较难控制。

胃返流(在夜间胃酸返流到胸部，造成刺激)可能是这些病人哮喘发作的一个原因。一些药物，如茶碱和长效支气管扩张气雾剂常有助于控制夜间哮喘症状。

夜间哮喘
哮喘病人经常在夜间有症状，这可能意味着哮喘没有得到很好控制。

要 点

- 有过敏史者需要作皮肤过敏原试验以识别过敏原。
- 脱敏疗法具有一定的危险性，必须在医院里进行。
- 脆弱型哮喘病人应该由有经验的专科医生来治疗。
- 对阿司匹林敏感的哮喘病人应该避免服用所有含阿司匹林的药物，有疑问时应向医生或药师咨询。
- 夜间哮喘发作说明哮喘未得到良好控制。

职业性哮喘

职业性危害

持续接触工作中的尘埃或其他过敏原会造成易感人群哮喘发作。患者应注意预防或视情况更换工种。

在工作中因接触某种或多种物质而发生的哮喘叫做职业性哮喘。这些物质会让接触者致敏，达到一定程度以后每一次接触都会引起哮喘症状出现。

这些物质可能成为哮喘发作的诱因，曾患哮喘的病人接触它们后可能引发哮喘，且不一定需要致敏的过程。

原因

已知职业性哮喘的原因有200种以上，许多原因是隐匿的，有些则是出现在我们非常熟悉的工种中，如汽车油漆硬化剂、环氧树脂和面粉。

下表列出了职业性哮喘比较常见的原因和与此物有关的工种。

职业性哮喘的常见原因

下表列出了职业性哮喘最常见的几种原因，以及与此有关的工种，这些是你最有可能接触到相关物质的工种。

原因／物质	工种
硬化剂	涂料、油漆和某些塑胶生产
松香	焊接
动物尿液	实验室、动物饲养
环氧树脂	与粘合／油漆有关的职业
面粉	面包店／饮食服务业
铬	制革业、电镀
酶	清洁剂生产、药物／食品技术
硬木尘埃	工厂、细木工、木匠
镍	电镀
染料	印染工
抗生素	制药
谷螨	农场工

发病情况

职业性哮喘大约占在岗哮喘工人的5%，这是个大约的数字，且真实的数字可能比此更高。因为病人、雇主和医生经常没有意识到职业性因素的重要影响，许多病例没有被正确诊断出来，这就会产生一些问题，没有被确诊的这些病人将继续接触这些物质，最后导致了气道狭窄的不可逆性改变。

诊断

诊断的首要线索来自于病人的病史。如果你的症状在周末或者长时间离开工作岗位（如休假）之后明显好转，这就说明你工作中的某些因素可能导致了你的哮喘。并非所有类似病史的人患的都是职业性哮喘，同样，没有类似病史职业性哮喘的诊断也可以确立。这些病史可以供给专科医生参考以便作进一步检查。

到医院或专科诊所就诊时，医生通常会要求你定期记录呼气流速峰值，可能是每2小时记录一次（包括在工作时和下班后），以便了解你的呼气流速峰值变化情况，这对诊断有所帮助。

病例：喷漆过敏

布赖恩，32岁，在结束军队服役后在汽车行业干了10年，头4年他在工厂里干各种杂活，26岁时转到油漆车间工作。尽管过去他每天吸10～15支香烟，但那时他仅偶尔患冬季支气管炎。在1990年冬季，他以为支气管炎又发作了，症状是咳嗽和喘息，但这一次持续时间长，并且夜间会醒来。他去看医生，医生给他开了一个疗程的抗生素，并叮嘱他要戒烟，但是没有效果。之后，他的喘息加重，甚至在稍稍劳累时都会发作。医生意识到他可能患哮喘。经过治疗，在1991年复活节布赖恩去度假前夕，他的病情有了好转。

喷漆保护
像布赖恩这样的病例，一个通气防护罩就能够有效防止接触过敏原——油漆，预防哮喘复发。

离开工作环境期间，布赖恩感觉好多了，甚至不要用气雾剂，但一回到工作中，他的哮喘又复发。他的医生认为离开工作后症状缓解说明职业因素可能对他有影响。医生建议他到当地胸科诊所就诊，一系列呼气流速峰值变化测定结果显示他的病症属典型的与工作有关的哮喘类型。幸运的是，公司对他非常关心，为他提供一套非常有效的保护罩。此后，他的症状得到了良好控制，能够继续干他已熟练的工作，工资不低。

证实诊断

当怀疑是职业性哮喘时，有时可能需要在严密的观察下作可疑物质的"激发试验"。接触可疑物质时症状加重，而接触其他无关的物质(另外时间做)对症状没有影响，这时就能确立诊断。这是个费时的过程，你必须停工一周，在特殊的实验室里接触各种不同的可疑物质，然后作一系列呼气流速峰值测定。这种特殊的实验室目前还比较少。

患者的未来

一些患者被迫离开工作岗位，经常是因为继续接触过敏物质使哮喘难以控制。在许多情况下，工厂管理者不能或者不愿意改善工作环境。一些患者会被重新安置在厂内不同的岗位上，在那里不再接触过敏物质，然而许多患者却在原岗位上继续工作并继续接触过敏物质——如果用药物能够良好控制他们的哮喘症状，那么某些情况下这种做法还是可以接受的。在某些地区，对于那些因为出勤记录不良而被迫离开工作岗位或者被解雇的患者，有些可以通过工业伤残机构来获得补助。

有时不得不通过法院来申请补助，这很费时间，但这是一些熟练工人失去一份薪水不菲的工作之后可能获得适当补偿的唯一途径。

要 点

● 在周末或假期里哮喘症状缓解，说明哮喘可能有职业性原因。

● 职业性哮喘的诊断线索通常来自病史，但确诊还需要通过实验室检查来证实。

辅助治疗

人们对替代的或辅助的治疗方法非常感兴趣，这源自于人们对常规治疗药物的副作用的担忧，相信"天然物质"比那些常规药物对哮喘有更好的疗效。

事实上，哮喘的常规治疗方案在控制哮喘症状方面的作用已经被证实，但是，辅助疗法则较少进行过评估，这就是许多医生不采用这类疗法的原因。然而，主张辅助疗法的医生经常引用治疗有效的病例来证明其疗效。因此，在那些认为唯有常规药物有效和那些认为常规药物有毒性作用之间形成了两个极端。

我相信这两个极端都有事实依据，但我更信任常规的药物治疗。

哮喘病人必须被看作为一个整体而不仅仅是一个哮喘病例，他的想法应该被重视。必须记住的是：治疗的目的是控制哮喘症状，

药草
桉树可作为草药治疗哮喘

辅助治疗

辅助疗法对哮喘的疗效尚未得到临床研究证实

针灸

与其它辅助疗法相比，针灸无疑已广被医学界接受，特别是其镇痛作用。针灸也是少数几个已作过临床哮喘治疗试验研究的辅助疗法之一，它对轻微的哮喘有些微疗效，但对比较严重的哮喘没有效果。

顺势疗法

据说顺势疗法的药物对慢性哮喘有效。一些比较严格使用该疗法的医生指出：只有在停止使用其他常规药物后该疗法才能有效——此说法还存有争议。

催眠疗法

有些病人声称催眠疗法很有好处，能够对付哮喘急性发作或者哮喘症状加重。对于那些深信此道的人，它可能更有效。但是与顺势疗法一样，到目前为止，还没有适当的实验研究证实它们有效。

辅助治疗(续)

草药疗法

草药治疗主要是针对症状而不是疾病本身。例如，如果咳嗽是哮喘的主要症状，就可以用草药来设法减少咳嗽，草药疗法常要求病人控制饮食。

洞穴疗法

采用这种疗法病人要花时间(通常相当长的时间)呆在地下的洞穴里，它的疗效可能是由于病人脱离了与尘螨及其他过敏原的接触。它与呆在高海拔处有利于治疗严重哮喘的道理相似——也是由于减少了与尘螨的接触。

所以，环境控制的治疗方法是有益的，它可以使病人远离过敏原。但问题是去哪儿才能找到这样的居住环境？

或者至少把症状减轻。

从更长远看，常规药物治疗仍然是治疗哮喘的主要方法，但对于那些希望试用辅助疗法的病人来说，它也是有益的。

必须强调的是病人不能简单地停用常规药物而改用辅助疗法，有的病人不加区别地改变治疗方案，结果导致了病情明显恶化。

过敏原辅助治疗方法的疗效是源自于病人信任的影响还是该疗法对气道有直接的作用，目前仍在争论中，也许应该鼓励开展比过去更具科学水准的争论。

要点

- 辅助疗法似乎对一些病人有效，但这是由于病人对这种疗法效果的信任还是该疗法对哮喘性气道有直接作用，还不清楚。

- 除了针灸外，其他许多辅助疗法的效果还未经过适当的对照实验来证实。

展望未来

哮喘病人的未来怎样?首先,哮喘不会消失,这是毫无疑问的,在可预见的未来,哮喘还十分常见并可能保持现在的发病率。哮喘导致死亡仍然会发生,所有这些听起来很悲观,但黑暗中有光明,哮喘病人应该充满希望。

预防

我们应更好地控制避免接触过敏原,这在人生的头五年内特别重要,因为这时特别容易尘螨致敏。控制接触过敏原需要病人或父母付出相当大的努力!

作为医生,我们必须做的是提出一系列行之有效又花钱不多的控制过敏原的措施。迄今为止,我们已经缩短了与这个理想的距离。

另外还需有控制环境因素的措施,特别是要减少父母吸烟。父母吸烟在儿童哮喘中起重要的作用,但是要减少父母吸烟并不那

充实的生活
随着新药和新疗法的应用,哮喘病人有望过上正常、积极的生活。

么容易。有明显的迹象表明控制城镇空气污染、改善空气质量将减少哮喘发作。

治疗

生产一种对各种哮喘都有效的药物是一项长期而且花费很大的工作，需要严格的动物试验和人体实验研究，做到药物既有效又安全，只有这样，药品才能得到批准并投入生产。

父母的责任
吸烟的父母必须戒除这种习惯，因为已经证明吸烟是儿童发生哮喘的重要原因。

新的片剂

一些新药常常是以片剂的形式出现，如白细胞介素拮抗剂。毕竟使用气雾剂是件麻烦事——要使用好它们比较困难，仅有少数病人能像医生希望的那样正确使用气雾剂。

现在正在研究的新药(气雾剂或口服片剂)还需要进一步确定它们是对所有哮喘病人都有效，还是仅仅对某一类型的病人有效。当然，它们应该药力更强，更容易控制哮喘，病人更愿意接受，而且副作用少。

可以相信，通过较长时间的研究，一些非常特殊的疗法(可能主要针对某种特定类型的哮喘病人)将会被发现。

药物是气雾剂还是片剂形式取决于许多因素，而不单单考虑病人是否喜欢。

疫苗

目前正在研究针对过敏抗体的免疫治疗而非脱敏治疗的可行性。这听起来很有吸引力，但要等待试验结果看是否安全、可行、有效。

将来一旦有合适的疫苗供应，针对经常造成哮喘发作的病毒(大部分是感冒病毒)的免疫疗法将变成可能。

当然，必须有实验证明它们确实能减少哮喘发作，并且是安全的。

基因疗法

尽管在哮喘遗传学方面(特别是与过敏有关的)研究正在取得很大进展，但基因疗法的实现还是相当遥远的事。

从理论上讲，这种疗法几乎是最有效的，但在应用于临床之前还有许多障碍(包括科学和伦理学两方面)需要克服。

结论

我对哮喘病人的前景非常乐观。效果更好或者副作用更少的药物的开发、预防哮喘发作措施的改进都将实现，这些都会减少哮喘病人经受的痛苦。

要 点

● 目前正在研究新的药物，这些新药将使哮喘更容易控制，将更易被病人所接受，而且副作用少。

● 虽然哮喘还不能被根本消除，但预防措施将比治疗方法能更有效地控制哮喘。

如何使用气雾器？

金属药罐

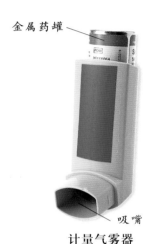

吸嘴

计量气雾器

如何使用计量气雾器？
(Metered Dose Inhaler)

1. 掀开盖子，摇动气雾器。
2. 缓缓地呼一口气。
3. 将吸嘴放入口中，在慢慢吸气的同时，往下按药筒并继续深深地吸入。
4. 屏气10秒钟，或者尽可能长久。
5. 休息30秒钟后再吸一次。

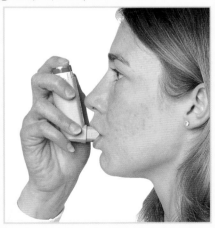

注 意

如有疑问，请向专业人员咨询

如何使用自动气雾装置？
(Autohaler Device)

1. 拿掉吸嘴盖子，摇动气雾器。
2. 竖直气雾器，把撬盖向上打开。
3. 缓缓呼口气，保持气雾器垂直位置，将吸嘴放入口中，闭紧双唇(勿用手遮住气孔)。
4. 用嘴平稳呼吸，当气雾器有"滴答声"时不要停止吸气，继续作深吸气。
5. 屏气10秒钟。

注意： 每一次使用时，撬盖都必须向上打开，使用完毕后再关上撬盖，否则无法完成。

撬盖

吸嘴

自动气雾装置

注 意

如有疑问，请向专业人员咨询

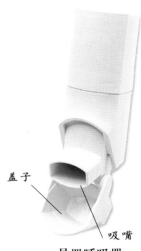

盖子

吸嘴

易置呼吸器

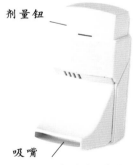

剂量钮

吸嘴

克立克气雾器

注 意

如有疑问，请向专业人员咨询

如何使用易置呼吸器?
(Easi-Breathe)

1. 摇动气雾器。
2. 保持气雾器垂直位置，打开盖子。
3. 缓缓呼口气，保持垂直位，将吸嘴放入口中，闭紧唇齿(勿用手遮住气孔)。
4. 通过吸嘴平稳地吸气，听到"扑扑"声时不要停止呼吸，继续深吸气。
5. 屏住呼吸10秒钟。
6. 保持气雾器垂直位，立即盖紧盖子。
7. 休息几秒钟后重复上述1~6步骤。

如何使用克立克气雾器?
(Clickhaler)

1. 摇动气雾器。
2. 保持垂直位，按压剂量钮一次。
3. 呼气(感到舒适为准)。
4. 将吸嘴放入口中，紧闭口唇，但勿咬住。
5. 平稳地用嘴吸气，将药液深深地吸入肺内。
6. 屏住呼吸，取出吸嘴，继续憋气5秒钟(或尽可能地长)。
7. 吸第二喷时:保持气雾器垂直位，重复1—6步骤。

如何使用精准气雾器？
(Accuhaler)

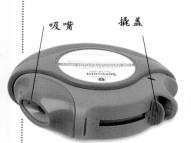

吸嘴　　　撬盖

精准气雾器

1. 一只手握住气雾器，同时用拇指推手柄，直至听到"咔嗒"声。
2. 将气雾器的吸嘴朝向自己，滑动撬盖直至听到"咔嗒"声，这可使药液能够被吸入。
3. 保持水平位，缓缓地呼气，将吸嘴放入口中，平稳地往肺内深吸气。
4. 拿开气雾器，并屏住呼吸10秒钟。
5. 将柄推回原位，直至听到"咔嗒"声。
6. 重复操作，可按上述1～5步骤。

注　意

如有疑问，请向专业人员咨询

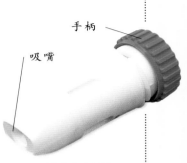

手柄

吸嘴

托布气雾器

如何使用托布气雾器？
(Turbohaler)

1. 取下白色盖子，保持垂直位置，尽量来回扭动手柄，可听到"咔嗒"声。
2. 缓缓呼气，将吸嘴放入双唇中，尽可能地深吸气。
3. 取出气雾器，屏住呼吸10秒钟，并盖好盖子。

注　意

如有疑问，请向专业人员咨询

如何使用盘状气雾器？
(Diskhaler)

装药

1. 取下吸嘴盖，轻轻地推开白色浅盖(滑动)。
2. 将浅盘放在轮子上(数字朝上)，推回浅盖。
3. 捏住浅盖的角，滑动浅盖以转动浅盘，直至小窗口显出"8"字为止。

使用

1. 保持气雾器水平位，尽量向上抬起盖子的后部，关紧盖子。
2. 缓缓呼气，将吸嘴放入口中(勿遮住气孔)，深吸气。
3. 取出气雾器，屏住呼吸10秒钟。滑动浅盖，以备下次使用。

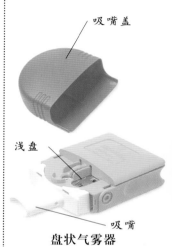

吸嘴盖

浅盘

吸嘴

盘状气雾器

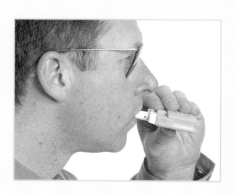

注 意

如有疑问，请向专业人员咨询

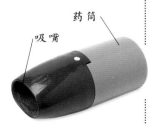

吸嘴 药筒

旋转式气雾器

如何使用旋转式气雾器?
(Rotahaler)

1　垂直握住气雾器，将胶囊放入方形孔中(有颜色的一端朝上)，确认胶囊顶部与孔顶部持平。

2　水平握住气雾器，快速来回扭动药筒，使胶囊裂成2份。

3　缓缓呼气，保持气雾器水平位，将吸嘴放入口中，快速深吸药粉入肺。

4　拿开气雾器，屏住呼吸10秒钟。

注 意

如有疑问，请向专业人员咨询

如何使用自旋式气雾器？
(Spinhaler)

1. 吸嘴朝下，垂直握住气雾器，旋开主体。

2. 将胶囊有颜色的一端放入推进器的杯内，确认能自由转动。

3. 将两部分旋紧，上下移动灰色套管2次，使胶囊裂开。

4. 缓缓呼口气，仰起头，将吸嘴放入口中，快速深吸气。

5. 拿开气雾器，屏住呼吸10秒钟，然后慢慢呼气。

6. 如果仍有药粉留在气雾器内，则重复4、5步骤将其吸完。

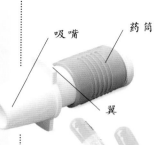

自旋式气雾器

注 意

如有疑问，请向专业人员咨询

气雾器孔

容量隔离装置

吸嘴

如何使用容量隔离装置？
(Volume Spacer Device)

病人独立使用该装置的方法如下：

1. 拿掉盖子，摇动气雾器并将它与隔离装置连接好。

2. 将吸嘴含在口中。

3. 按压气雾器内药筒一次，以放出一剂药物。

4. 慢慢深吸气。

5. 屏住呼吸10秒钟，然后通过吸嘴呼气。

6. 再吸气，但勿按压药筒。

7. 将装置从口中取出。

8. 重复下一次之前，休息30秒钟。

"多次呼吸"法

1. 与上述1~3步骤相同。

2. 以正常呼吸量呼吸10次。

3. 将装置从口中取出。

4. 下一剂药物可直接喷进该装置内。

注　意

如有疑问，请向专业人员咨询

问题解答

哮喘是否会消失？

这是哮喘儿童的父母最常问的问题。小学年龄的哮喘儿童经常在10多岁时哮喘症状消失，这种常见于儿童的状况在成年妇女中也略较常见。但这并不等于说哮喘会永远消失。一部分病人的症状会在晚年复发——女性经常在更年期复发哮喘。

有时，复发的哮喘症状与儿童时期的症状有差别——儿童喘息症状多见，成年人呼吸困难和胸闷更多见。

大多数成年期发病的哮喘病人在晚年或多或少都还有哮喘症状。成年期发病的哮喘病人其症状会消失的比例有多少尚不清楚，合理的估计大约只有20%。

哮喘或药物治疗会损伤肺吗？

病人认为"肺"与"气道"不同，事实上气道是肺的一部分。哮喘对肺部长期的损伤作用是值得需要担心的。哮喘不及时治疗，炎症没有得到控制，会导致气道不可逆狭窄。同样地，吸烟和不能按时使用药物如预防性药物气雾剂的病人会发生严重的、不可逆的肺部损伤。

哮喘治疗药物并不会损伤肺部，不过类固醇片剂有许多其它副作用(前面已讨论过，见第40~42页)。

总之，与经过很好治疗且已得到控制的哮喘病例相比，未治疗的病例肺部的损伤更大。

治疗哮喘的药物效果是否会逐渐减弱？

药效是不会逐渐减弱的。如果你发现所用的解痉气雾剂的效果变差，更可能是由于自己的哮喘病情恶化，而不是药物本身失效，也有可能是药物剂量太少了。当哮喘恶化时，气道狭窄更加明显，能进入更细支气管内的药物也更少。所以，如果你发现治疗效果差了，应该首先去看医生，再作检查确定原因。随着年龄的增大，需要逐渐加大气雾剂的量，这种观点是不对的！

哮喘会传染吗？

不会。哮喘不是传染性疾病，不会传染。

雾化器危险吗？

雾化器是一种把药送到肺内的强力装置，只适用于较严重的哮喘病人。然而，有一些病人却在其他未经充分试用过的场合使用雾化疗法。当此装置用于哮喘急性发作时，雾化器能挽救生命，并争取时间到医院就诊。病人若过分依赖雾化器的"全能作用"而不去医院就诊，自己反复使用雾化器，就会发生危险，并可能引起非常严重的、甚至危及生命的事件，而让病人去急救机构或医院可以避免此类事件的发生。

一旦确定病人需要规范的雾化疗法，应该首先确定他的哮喘是较严重的。在这种情况下，许多人可能将无法停止使用这种疗法，除非有新的、理想的方法出现。改变环境，如迁居国内其他地方，去除职业性诱因，有时也能改善哮喘症状，使患者不再需要使用雾化器。

需要再次强调的是，与其他形式的吸入治疗一样，在良好的监督下使用雾化疗法并不意味着随着年龄增长，需要越来越大的药物剂量，如果出现这种情况更可能是由于哮喘恶化，而不是雾化药物作用减弱。

索 引

记 录